बादलों में आग

(कविता-संग्रह)

बादलों में आग

क्षमा कौल

प्रलेक प्रकाशन

प्रलेक प्रकाशन

PRALEK PRAKASHAN

मुख्य कार्यालय : 702, जे-50, ग्लोबल सिटी, विरार (वेस्ट), मुम्बई, महाराष्ट्र-401303

दिल्ली एनसीआर ऑफिस पता : 03/सी, ज्ञान खण्ड-4, इंदिरापुरम्, गाजियाबाद, उ.प्र.-201014

E-mail : pralek.prakashan@gmail.com / Website : www.pralekprakashan.com

दूरभाष : +91 7021263557

बादलों में आग : क्षमा कौल

Badlon Mein Aag : Kshama Kaul

ISBN : 978-93-9139-06-79

प्रथम पेपरबैक संस्करण : 2023

मूल्य : ₹ 249/-

मुद्रक : आर.के. ऑफसेट, दिल्ली

आवरण एवं पुस्तक सज्जा : वीरजी सुम्बली का तेल चित्र

प्रलेक प्रकाशन का लोगो मिक्की पटेल की तूलिका से।

अग्निशेखर के लिए

अनुक्रम

जलावतनी

न दौड़ मेरी रंगों में
इस कदर
मेरे शहर

बाहर आ-आ बाहर
फाड़ मेरी रगें
और आ बाहर

मैं तेरी किसी चट्टान से
टिकाऊँ पीठ क्षण भर
देखूँ आसमान साफ है
या काला

मैं उठाऊँ धूल सिर्फ
मुट्ठी भर
लगाऊँ माथे पर

सच तो बोल फिर
क्या हम भी दौड़ते हैं
तेरी रगों में इसी क़दर?

आएँगे हम लौटकर

आएँगे हम लौटकर ऐ वतन
बिछाएँगे नम्द आँखों के
ताकि तुम रख सको
सरसब्ज़ अपने पाँव।

अभी तो खून में तुम भी हो
ग़मज़दा
हम भी हैं
गुमशुदा

ऐ वतन आएँगे हम
एक दिन
अपनी-अपनी
कैदों से बाइज़्ज़त बरी होकर
ऐ वतन
आएँगे हम।

घर छूटा हुआ

देखते-देखते उग गए तुम
विरह वृक्ष
अंकुर यह पीड़ा का
एक पूरी स्मृति
पूरा एक ग्रन्थ
एक युग का पूर्व खंड।

खिड़की खोल ली
देखे पड़ोसी घर
हरीतिमा
बादाम के फूल
गटक लिया
एक पूरा आनन्द कटोर।

अन्ततः आ गई मैं लौटकर
आना ही तो था
कैसे न आती भला
यह अनन्तकाल से मेरा घर
कैसे न समाहित होती
वापस अपनी जड़ों में
एक पूरा वृक्ष
जीने के बाद।

दूर सहम गया था
छिप गया था
मुँहजला भय
अंतरिक्ष की गुहा में कहीं
निर्भीक सूर्य
पिघला रहा था

शताब्दियों की बर्फ़
प्रकृति के आभार से लदी
सुख से व्याकुल
देखने को वे चिह्न
जिन्हें बनाकर
भागे थे हम
धूल जो चढ़ी थी
पीड़ा-वृक्ष के पत्तों पर
अर्से से चली नहीं कोई हवा
झिंझोड़ता उसे कौन?

खोल लिया एक-एक द्वार
तुम्हारा आभार
सपनों की जगह तो देते रहना
देते रहना
कल आना फिर
माँ ने कहा था
तब भी न रहा याद
कबूतरों के अन्न का भाग
वे उस युग से भूखे हैं
भूखे, उदास किन्तु अहम्मन्य।

अरे ओ दर्शन से
अगम्य, अपार
अवास्तव में बदले
मेरे वास्तविक संसार।

एक शहर

साथ-साथ चलता
चलने पर
रुकता रुकने पर
नकलची बच्चा।

म्यान में चमचमाती
तरसती युद्ध को
क्रूर अँधेरों में
फड़कती अपाहिज
मन ही मन।

प्रतीक्षा में पुनर्जन्म की
पागलखाने में पड़ा
जबरन।
बकता
अथक सार्थक।

पीता और काटता
बीमार शिशु
मेरी आत्मा का स्तन
बंद आततायी पति के पास
अधमरी औरत।

बुरके में छटपटाती
विश्व-सुन्दरी
थूकती समुद्र-भर
मेरी नामर्दी पर।

रामायण

बेमुरौवत कबीला
पहुँच संगम देश
मुग़ालतों के ताँगे पर।

कटहल के नीचे
कटहल चालाक
चुप था।

वहीं चली आई कोयल
गला फाड़ने लगी
देशी भाषा में
दफ़ा हो जाओ
दफ़ा हो जाओ
नंगे-मंगो
दफ़ा हो जाओ!

खाओगे मेरे हिस्से के आम
छीनोगे मेरे हिस्से का काम
छीनोगे मेरा भी नाम।

मुझे निकाला गया

पहले मुझे निकाला गया घर से
फिर शहर से।
जहाँ शरण ली थी उस शहर से
फिर जहाँ शरण ली थी
उस शहर से
ख़बर है कि निकाला जाएगा
मुझे इस शहर से भी।

जहाँ-जहाँ से निकाला गया
उगे मेरे फल।
उगे पेड़ों में हुई मेरी
पैबंद।
कहते हैं मेरे पास था जो विचार
उसके मानी थे संहार
मिला निकाला
सिलसिलेवार।

मेरे पास है बीजों की गठरी
टिकाने को पीठ अब
रखी है बाँध
मेरे सामने घूम रहा है
ब्रह्मांड
घूमता-घूमता आएगा घर
गठरी खोलूँगी
कभी न बाँधूँगी

जब हम आए

जब हम आए
तो सीधे राजा से मिले
उसने कहा लो अब तुम हो गए
ऐतिहासिक

हम सीना तानकर निकले बाहर
हमें मिला था शब्द
जिसकी प्रतिध्वनियाँ
हो गई हहराता समुद्र
और हर पूनम की रात वह
लीलता गया लश्कर-लश्कर।
इधर हो रही हैं बहसें
क्या हमें होना चाहिए था
ऐतिहासिक
क्या उचित था हमारा
राजा से मिलना

राजा इसीलिए राजा है
क्योंकि उसके पास है यह शब्द
हम हुए ऐतिहासिक क्योंकि
हम इस शब्द से तिलमिलाए नहीं

भव्य द्वार पर लगी
चित्र प्रदर्शनी में
हमारे घर के पत्थरों पर
खुदा जा रहा था
इतिहास लेखकों का नाम
यह देख सकने के लिए
हमारे लिए था
कुछ पानी का इंतज़ाम।

अधूरी लिखी चिट्ठी

अधूरी लिखी चिट्ठी
रह गई अंदर शेल्फ़ पर
लिखना था कुछ ज़्यादा डूबकर मनन कर
अन्तहीन स्थगन का
अंत कर
कि क्षणांश में
मनुष्य से हो गई कीड़ा।
चाहिए हाथ
कि उठाऊँ...पहुँचूँ
और लिखूँ।
चाहिए पैर...चलूँ
तुम तक आऊँ
चाहिए वही जो था
अभी-अभी
कुछ क्षण पूर्व तक।

माया की माया का मायावीपन भी
कहते हैं कि होता है मिथ्या।
और अब तो पता चला है
कि कीड़े का भी होता है
मन, चिन्तन।
क्षण! ओ जादूगर

होगा क्या फिर कोई क्षण
चाहिए वही हाथ,
वही पैर, वही क़द
वही काग़ज़, वही कलम
वही शेल्फ़
वहीं पर।

गिरती बर्फ़

जब उन्होंने कहा
उनके गाँव में गिरती है बर्फ़
जम गई मैं उनके
गाँव की बर्फ़ में।

बदलने लगी मैं
मिट्टी उनके गाँव की
खोद-खोदकर।
आकाश हटा दिया
रख दिया दूसरा
चोरी-चोरी।

कुछ क्षणों ने मुझसे
कर ली मारपीट
छोड़कर जा रहे प्रिय-से
उन दुष्टों ने
पटक दिया अनुक्रम से
निर्मम
चले लूटने दूसरा मन।
मैंने फिर भी लिया उन्हें भींच।
फिर भी पटक दिया उनने नीच।

मैंने शाप दिया एक निरीह-निष्प्रभ
ऊँची उठी लपट
पर न पिघला कुछ।
मैं जमी-जमी
खड़ी रही सुनती
वे करते रहे बात
कि गाँव में उनके गिरी है
बर्फ़ कल रात।

हम

जीवन भंडार घर में है
हमारे श्रम से
हमारे लिए वर्जित है जीवन।
हमने भंडार किया जीवन
और जी रहे हैं
बूँद-बूँद कमाकर।

एक विराट नदी है पास
पर पीना है पानी
कतरा-कतरा
खोदकर चश्मे।

पूरा होना ही
करना पड़ा
अलग अपने होने से
तंगदिली ईश्वर की
निभानी पड़ी
सास ज्यों घर में प्रचुर अन्न
होकर भी
कराती हो कनाद*
यो झेली ईर्ष्या
ईश्वर के हृदय की।

---

* कणाद ऋषि-खाने को कम देना

दूर बहुत दूर जब फिंका
उछाल-सा यह शरीर
मन और भी चिपक गया
स्वप्न हुए जीवन से।

सत्य और सत्य में
अनुसंधानरत
स्वप्न से सत्य का झोल
सुलझाते हुए
हम हुए ईश्वर के बाद
यह किन स्वयंभू
स्वामियों के शिकार?

और हम शांत मुद्राओं का
प्रयोग करते हैं
हम उन दर्शनों का प्रयोग करते हैं
जो अँधेरों में हमें मिले
जुगनुओं की तरह और
हमने जमा किए।

अँधेरों का फल
दर्शन ही था
विशाल भूख में
रोटियों के टुकड़ों की तरह।

वे जिनके सामने हैं हम
जीवन भंडार घर से बाहर
स्वामित्व की तख़्तियाँ लटकाए
छिनी चाबियों वाले
चोर चाबियाँ न ढूँढ़ने की
ईमानदार ईमानदारी और
दार्शनिक प्रतीक्षा में बैठे
उफ वे फिर भी हमसे ईर्ष्या करते हैं।
आश्चर्य है।

प्रकाश-छिद्र

वे उन प्रकाश-छिद्रों से
दुखी थे
वे सोना चाहते थे
तब उन्होंने पट्टियाँ बाँधी
और लंबे पड़ गए
मैं अवाक् थी
जिस तरह उन्होंने भुना ली थी भाषा
दयनीय विभोरता व्याप्त थी।

मैं अर्थ निचुड़ी भाषा में
क्या कहती?
इन छिद्रों के प्रकाश से
शायद हम टटोल लेते
कोई दीवार
हाथ आता कोई फिरन
कोई दामन
कोई लाठी

आख़िर अलस्सुबह
चढ़ना था पहाड़
हम वहाँ नहीं
सुस्ता सकते?

पहाड़

पृथ्वी के दुख का थक्का
या थका कोई
काम-क्रोध रखकर
आँतों में
घूमता खच्चरों-घोड़ों के खुर
सिखाता मेघशावकों को
उड़ने के गुर
उठाता कंधों पर
बिठाता घुटनों पर
भगाता अब जाओ
लेने दो थोड़ी नींद
न करो तंग कृपा कर।

ओढ़कर बर्फ़ का लिहाफ़
भीतर करता प्रेम या ध्यान
क्या पता!
लगने नहीं देता पता।

कसा स्तन
चूसता अप्रौढ़
युवा गगन
नग्न
और धरती पर आता वसन्त।

शरद

धूप ने सुनहराई होगी
मेरे घर की छत
मौसम मनचला-सा होगा
पड़ोसनों को पड़ता होगा
ढंग से कुछ ओढ़ना अब
अंग पर।

चिनार अब ले रहा होगा
अँगड़ाइयाँ
उतरकर जड़ों में
लेगा समाधि
पत्तों को कहकर विदा
याद करता होगा हमें।
लेकर लंबी-लंबी साँसें
सारा शिशिर करूँगा तपस्या
कुछ तो करेगा ही तब
कश्यप-सी*
ईश्वर।

मेरे जैसा ही असमर्थ, निरीह, अकेला
दुख को मजबूरी में
खुशी कहता हुआ
यों ही बिता रहा होगा क्षण।

---

*कश्यप-सी, जिसकी तपस्या से सतीसर कश्मीर नामक रमणीय घाटी बनी।

देखने के बाद तुरन्त फिर
देखता होगा कलाई की घड़ी।

धूप को ओढ़कर इस क्षण
बैठा होगा घर
भूखा-प्यासा खाली...
आस-पास से पत्थर गोली
खाता हुआ
कभी-कभी कोसता मुझे
मेरी पूरी जमात को
बनाना चाहता होगा
अपने जैसों की जमात
कि हमारी मुक्ति कामना में
हो जाए शरीक।

रात : 1

महीन धागे का मोटा गोला
हमने बुन लिए हज़ारों तम्बू
रफ़ू किए हज़ारों तम्बू
फिर बुनी चादरें
फिरन और थैले
और भर दिए।

पीपी कर खाली करना चाहा
कि जल सके अलाव कहीं
लुढ़क गए पहाड़ से नींद से
निढाल बच्चा
छोड़ दे ज्यों
सोई माँ का स्तन।

डॉप दिया ऐसे कर दिया ओझल
जैसे हमें न थी स्तन्य की
और ज़रूरत
या माँ से सटे रहना
नहीं थी अपनी किस्मत।

काफ़ी सारा कर लिया
हमने चुन-चुन के
इसे खर्च
फिर भी पड़ा है
पूरा का पूरा।

रात : 2

कुछ साँसें, कुछ हँसी
कुछ रोशनी
जल्दी-जल्दी पुड़िया बनाई इनकी।

बाहर हमारा काम तमाम होना था
बचा भी जा सकता था
इसीलिए।

हमें पहली ही चौकी पर रोका गया
क्या पहाड़ी सैर पर जा रहे हो
कि साँसों की हल्दी
हँसी का शक्कर
रोशनी का नमक
जेबों में है।

यह बच्चों की आँखों में पानी
ज़रूर उस पहली झील से
चुराया गया है।
खाली करो
एक कतरा तक ले जाना जुर्म है।

कई चौकियों पर तलाशी हुई
मैं बिछड़ गई लश्कर से

पर तस्करों की तरह मैंने
तीनों पुड़ियाँ निगल लीं।

नन्हे हाथों को हाथों में पकड़
मैं एक विराट
साँकल में बन्द हूँ।

कही से लश्कर की
आवाज़ भी नहीं आ रही।
आसमान ! अगर तुम मेरे ऊपर हो
तो तारों के ढक्कन खोल दो।

मैं अपने लश्कर से मिलना चाहती हूँ।

रात : 3

सरसराए होंगे
नानी की खिड़की वाले पेड़ों के पत्ते।
मानो बतियाते हुए करते हों
परिवारजन शाम का भोजन।

किसी ने नल खोला है
शहर के घर का
या कहीं से वेग आया
गाँव की नदी तक।

एक साधारण-सी हवा भी
फाड़ देती है
नसें
गीचड़-मीचड़ हुए भीतरी ब्रह्मांड
झुलसती दोपहर का सत्य
डूबता हुआ कहीं
जैसे यह वित्ते-सी हवा नहीं
समुद्र का ज्वार हो
रेत हुए सत्य को उतारने आया
तल में
हो सकता है कल सुबह गिरी हो
मोटी-मोटी बर्फ़
नानी ने निरखा होगा

पेड़ के पत्तों को।

अब भेजेगी मुझे या जाएगी स्वयं
बीन लाएगी फिरन भर अखरोट
यो ही धान पकाने में व्यस्त
बिजलियों के प्रकाश में।
वर्ना सुबह तक
छोड़ेंगे न एक भी
मदरसी बच्चे।

वेग अब और भी उतर गया होगा सीमा पार
पड़ोसी कुछ मर्दाना खा-खा
और जनाना खी-खी के बीच
डूबेंगे मौन में

सुबह जिनका खिलना तय है
तैयारी में जुटेंगे गुलाब।

वसन्त

सूरज की गुनगुनी किरणें
रहती महीनों वहाँ
जो कि टिकती नहीं
सप्ताह भर भी यहाँ।

जैसे हो यात्रारत
और यह स्थल हो बस
एक पड़ाव
निकलती धीरे-धीरे यबरज़ल*
सड़कों के मुहानों
चरागाहों मज़ारों
फाड़कर तारकोल का सीना
सुपुत्र-सा धैर्य रखता सूर्य
सारा ताप उतारकर यहाँ
सारी हड़बड़ी निथारकर यहाँ
पसरता
जैसे पसरा करती मैं
उसकी किरणों से जड़ी
दीवार पर
देखने संसार का चलचित्र।

---

*यंबरज़ल नर्गिस से मिलता-जुलता एक कश्मीरी फूल

सुना है आती हैं यंबरज़ल
एक चीख के साथ बाहर
पत्तों पर लिखती हैं
ओस क़तरों से
गीत शोक के।
आह! असमर्थ हूँ! विवश हूँ!

उगने को
सींची गई तुम्हारे रक्त से
लज्जित हूँ।
सुना है उन दोपहरों के पड़ोसी तक
इस गीत पर हैं मौन
सोचते हैं
इस मुखबिर-सी उगी का
गला घोंटे कौन?

माँ

जब मैं गा रही थी
मंच पर कविता
तुम जलाकर मेरे तम्बू में दीप
खिला रही थी
मेरे बच्चों को
सुला रही थी।

माँ, जब मैं लदी थी
शब्दों के गहनों से
तुमने नहा-धो
लगाया था योग।
माँ, जब मैं
खोज रही थी
बड़े-बड़े अर्थ
तुम्हारे सहजगान से
प्रकृति को आ रहा था पसीना

सिर्फ़ तुम
जानती हो जीना।

निष्कासन

चिटख-चिटख
वर्षों का काठ जल उठा
तपने लगी हँड़िया
शनैः-शनैः

एक शहर में जितना भरा था जल
दूसरे शहर में उतने बने बादल

एक शहर जितना हुआ मरुथल
दूसरा शहर उतना हुआ उर्वर

एक शहर में जितना बुना था
प्रकाश दूसरे शहर में उतने अंधे होकर

एक शहर में जितने कटे सिर
दूसरे शहर में उतनी तस्वीरें टाँगकर

एक शहर में जितना किया था प्यार
उससे कई गुना अधिक तड़पकर

एक शहर में जितने लिखे थे गीत
उनमें आँसुओं की एक पूरी वितस्ता मिलाकर

सारे भाव इस हँड़िया गिरकर
बल्लियों उछल
जल मेरे जन-मन, जल
अग्नि से कुन्दन निकल।

अच्छा ही है

अच्छा ही है
कि दुख परतों में रहता है
जैसे हम
तम्बुओं, कम्युनिटी हॉलों और
तबेलों में रहते हैं।
वायुमंडल और शून्य के
समकक्ष।

अच्छा ही है कि
कई बोझों से
कई जिम्मों से
खाली कंधे।

अच्छा ही है
कि हम बिछड़ गए
यहाँ कहाँ करते
वह उद्दाम प्यार।

जनते तो रखते कहाँ
पहाड़, नदियाँ, समूचे देश

अच्छा है अब हम आ गए
इधर जहाँ कर सकते हैं
कुछ भी
जीवन से अलग
बाहर।

हम तकिए थे

हम तकिए थे
उनकी पीठ सहलाने में कुशल
कि नर्म रुई निकालकर
थैले फेंक दिए इधर
जाने किधर-किधर।

थैलों के मुँह खुले हैं
सम्मान दे रही है धूल, आँधी, बारिश,
मुक्ति दे रही है धूल, आँधी, बारिश
ताप, साँप।

थैलों में भर जाता है कभी-कभार
अधमरा अधबचा स्वप्न।
झाड़ देते हैं।
वैसे भी इनका अब क्या बिगड़ना
भीतर थोड़े बची है
हम उल्टा कर
कोई रुई
कोई मन।

वह दिन

सहसा खड़ा हुआ
वह दिन
पगली के बालों-सा उलझा।
जब छूने देकर चरण
दिया था जीवन दान
निखरा था मेरा दलितत्व
खुला था क्षितिज कोई निगूढ़
तुम्हारे दर्प द्वार की दरारें से।
वर्ना मरना कब का हुआ होता।
वैसे दिन था
पर उलझा, काला, कठिन, मलिन
कि कन्नी काटी सबने
मेरी अंधी आँखों में हताश।
सत्य की चोटी पकड़
कर दिया इक छोर
आगे किया कल्पित प्रकाश
उतर न पाया जो।

मेरा आँसू
आदमकद में खड़ा हुआ
चिंतित था
पीठ टिकाई
बादल के टैरेस से।

करता हवन
घुलता
छोटा होता मोती होने की कामना में।

होगा किसी मानव की
अंतिम कार्बन कॉपी-सा
न छपा कुछ साफ-साफ
फ़कत मिला कुछ
दावों का अहंकार।

वह दिन
जीवन का पीता रक्त
जूँ-सा
बीतता नहीं
जब कि बीता।

कटा पेड़
मैं अकेला और
अनेक चूल्हे
आँसुओं से सना
बुझ-बुझ के जलता हूँ।

शब्द मित्र

शब्दों बीच
शब्द
घोंट देता है
जन्म देता है।
नखों से फटता श्वास
कविताओं का गर्भ
क्रांतियों का मर्म
शांतियों का सात्त्विक-दंभ
भ्रांतियों का अंत
फिर आरम्भ।

अत्यन्त ज्वलनशील
कि मोती हुआ हिम
बन निकलता जल।
विह्वल यह किससे?
पागल कि बाँधा
भूगोल-शून्य सलाखों से।

भीतर
वह आता
फिर खिसकता ही चला जाता
तिरछे कोणों से।

विरह मेरे असंख्य
फिर भी दूर दर्शन
कलाहीन मैं करती
मिट्टी से उसका सृजन।

आँख फाड़े देखती हूँ
खड़ा वह भी सामने
बादलों में आग
आत्मवंचित क्या करूँ?

समय-चक्र यह फँस गया है
कीच में।
यह है माधो मिट्टी का
मैं विक्षिप्त हूँ।
समय को धकिया दो कोई
रो रहा है शिशु-सा
है कोई दयालु?

वह हँसे फिर मारे
चकमक मेरे अहम पर।

मैं जलूँ भी, मैं हँसू भी
मैं अकड़कर लड़ पढ़ूँ
अग्रिम पराजय का
अंगूरी आनन्द पीकर।

शब्द! जब मैं निकल आई
तुम गए भीतर।

बेधता है यह अट्टहास
मेरे खाते में है केवल
त्रास के उल्लास।

कँपकँपाए धरती
मैं तो जिऊँगी
मैं अनन्त के अन्त तक
विष सुधा का पिऊँगी।

इतिहास

सोये अजगर थे दिन
जानबूझकर ढीली कर दी गई थी तलवार।
पिछली गली से रोती बिल्ली को भगाना
रोज़मर्रा का था काम।
बर्फीले दिनों में खिड़की खोलकर देखना
कयामत का था नाम
रेत में सिर रखने की तरह थे दिन
आस्था में अडिग जो थे हम।

वे उस तरफ मुँह किए हैं
इन्हीं गलियों में होती वर्षा
आगामी बारूद नमूनों की
लार टपकाती घूमती
विदेशी टोपियाँ।

चाँदमारियों में व्यस्त पड़ोसी
दिलो-दिमाग़
किसी एक ने भी न की
मुखबिरी आकर
मनुष्यता के पास।

किसी भुरभुरे शब्द पर सख्ती से खड़े
पहले ही रेज़ा-रेज़ा हम।

ईश्वर के बन रहे थे
दनादन घर
आत्मरक्षा में
दुनाली से छूटते ही वह
हम पर टूटा
पता नहीं फिर भी वह उनकी कैद से
छूटा या नहीं छूटा।

उसके भीतर तक चला गया
पानी-सा अंधकार
मूर्ख जाँबाज़ों की तरह हम
कट-कट गिरते गए
ईश्वर के लिए
घर खाली करते गए।

सपने में आँधी : 1

मैंने सपने में देखी थी
आँधी
खिड़कियाँ-दरवाजे
ठाक-ठाक तोड़ती हुई
आ रही थी अंदर।

रो रहे थे बच्चे
भौचक्क पड़े रहे तुम
बँधे हाथ-पैर।

उड़ गई छत
इससे पहले
कई दिन
सिर धुन रहे थे सफेदे
कंधे झिंझोड़ रहा था चिनार
जैसे झूठी गवाही देने की
कर रहे हों तैयारी।

हम हाथों से पकड़ सकते थे
छत ज़ोर-ज़ोर
हम बंद रख सकते थे

खिड़कियाँ-दरवाज़े
हम रोक सकते थे
आँधी
ताकि अंदर बचा रहता घर।

सपने में आँधी : 2

मेरे वर्षों धकेलते रहने के बावजूद
कभी नहीं मानी ताजी हवा
कतराई हमेशा
लौटती रही वापस।

मैं यहाँ की मक्खियों से भी
करती रही प्रार्थनाएँ
चले जाने की

इस जमाव बिंदु से नीचे
तापमान में भी
मौजूद क्यों हैं यहाँ मक्खियाँ?

फिर भी मूँदकर आँख
अकारण हँसती हूँ मैं
उड़कर एक मक्खी बन
चली आती हूँ तुहारे कमरे में
कितने दुबले हो गए हो तुम?

आख़िर मैं पका सकती हूँ
तुम्हारे लिए बेहतरीन व्यंजन
मैं तुम्हें बना सकती हूँ और अधिक सुन्दर
देखिए ज़रा तो

एक मक्खी की सोच और
बर्फ़-बर्फ़ जीवन और वतर्मान में
स्मृतियों के मलवे के नीचे
यह किस हिस्से में
मैं ज़िन्दा हाथ-पैर मार रही हूँ।

विनिमय

वहाँ कहाँ है विनिमय केन्द्र
उस उपग्रह से तुम
उत्तर दोगे मेरे गढ़े प्रश्नों का

मान ही लो
कल्पनाएँ ही हैं अन्ततः सत्य न
होना ही है होना
और दूरियों में वही है
बिन्दु की भी दूरी।

तुम मृत्यु के वर्णनातीत सौन्दर्य से
मुझसे जब थे मुखातिब
मैं बोल पड़ी
सुषुम्ना से उगी
अर्थातीत भाषा से।

आत्माएँ जब कर रही थीं
दूल्हे-दुलहन का वेश धारण
उन्हें नग्न न देख सकने के लिए
हमारी आँखों को
पहना दिए अश्रु किसने

मेरे सीधे, सरल, बौड़म
नहीं ढूँढ़ना तुम वहाँ कोई
विनिमय केन्द्र
मैं हूँ हर पग पर
हर पथ पर
एक ब्रह्म सत्य
तुम्हारे साथ।

जेल से पत्र

वे करते हैं
घर के तालों को
खींचने की बातें
घर है उनके पास।
घर से निकलकर
वापस लौटने की बातें।

हमारे घर थे
सुनकर दबाते हैं वे
अपनी हँसी
और जारी रखते हैं
अपने घरों के शेल्फ़ों को
आगामी छुट्टियों में
साफ करने का किस्सा।

देती हो तुम्हीं हमें
रस सुगंध
जैसे भेजती है माँ
कारावासी बच्चों के लिए लज़ीज़ व्यंजन।

माँ वे कहते तो हैं बधुवर
हँसते हैं मगर
हम भी हँसते हैं
भीतर-भीतर
सोचते हैं उन्हें तुम्हारी क्या खबर।

दरबदर : 1

पहले वे विसर्जित करते थे
अस्थियाँ
गंगा में आकर
अब वे बहाया करेंगे
अस्थियों को ले जाकर
वितस्ता में।

दरबदर : 2

निकल जाता है जब वहाँ
खोज में घर की
छोटे बच्चे की तरह
पीछे मचलता हुआ
चला आता है घर
रोता है आठ-आठ आँसू
आँखें तरेर वह
वापस जाने को कहता है
कि परेशान मत कर
चुपचाप रोता हुआ
ठिठक जाता है घर।

निकल आता है वह दूर
भुलाकर घर
प्रतीक्षारत निर्णयों के लिए
खाली करने को दिमाग़
तभी यकायक
क्या सोचते हो?
कह उठता है घर।
नहीं खाली कर पाता वह दिमाग़
चौकड़ी मार
सदा के लिए उसमें
बैठ गया है घर।

दरबदर : 3

पहले वे लजाते थे
नारे लगने की बात पर
अब नारे लगाकर करते हैं ये
दैनिक लज्जा का आचरण।

पहले देश को कहते थे
माँ
अब सोचते हैं कि शायद
सौतेला बाप हो।
पहले वे, हद होती तो
करते कल्पना मृत्यु की।
अब ये बेहद हत्याएँ
कर रहे हैं
अपनी-अपनी कल्पनाओं की।

दरबदर : 4

फिलहाल उनका ज़िक्र
कभी-कभार कर रहे हैं अखबार

और अपने आयकर की फ़िक्र में
उनकी फिक्र कर रहे हैं बनिए।
और उनके पितरों की फ़िक्र में
ये जमकर खा रहे हैं
श्राद्ध-संकल्प।

फ़िलहाल उनकी बदौलत
सरकार को गद्‌गद
कर रहे हैं बनिये।
बता रहे हैं अखबार
इस सब पर लोट-पोट हो रही है
सरकार।

अरणिमाल*

वह तब भी रहा घोड़े पर
जब तुम थी अनन्त की
बाँहों में।
वह खोजता रह गया तुम्हें
जब तुम्हारी खोज
हो चुकी थी पूर्ण
महादिगन्त के लिए।

वह ठिठक गया था
जब तुम फैल गई थीं
बन प्रकाश
अनगिन तारकराशि
अबूझ माया।

वह स्तब्ध रह गया
तुम्हारे महामौन में।
अपने नाम के क्षणिक शोर
से लौटकर
वह टटोलता ही रह गया
अपने ही निर्मित
एक अंधकार से
दूसरे अंधकार में।

---

* चौदहवीं सदी की एक कश्मीरी कवयित्री

वह सन्निपात ग्रस्त
तुम देखती रह गई
अन्तरिक्ष के छिद्र से क्षुब्ध।
हँसी नहीं

रोई तुम बहुत।
ओ मेरे मन महासमुद्र के
अंतरतम में
बहती धार से उठती सतत
एक लय
एक तान, एक छन्द, एक गीत,
एक पद, एक राग और अन्य अनन्त
यों ही कर दिया तुमने
अपने मौन से अमर
उस अमानव को।

वह जो ब्रह्माड के बंद कपाटों
के पार
नहीं कर पाया
कल्पना तुम्हारी।

जब तुमने खाँसा
अंतिम बार टीले पर
शंख ज्यो बजा हो कंठ तुम्हारा
स्वागत में आया त्यों ही अपार
और ले लिया तुम्हें
आलिंगन में
अंतिम...अंतिम...अंतिम बार...।

टूट गिरे उसके मन-बुद्धि किवाड़
दौड़ाया घोड़ा
मच गई समय में स्पर्धा

जल्दी-जल्दी करके तैयार
ले गया तुम्हें साथ
उस पार।
ओ ब्रह्मांड से झाँकती
एक स्मिति

क्यों कर दिया अमर
उस अमानव को यों ही।
जो कर रहा था
समय का सुरापान
लौटाकर तुम्हें
प्रतिदान की तरह।

वह जो उसके कहें
रच रहा था इतिहास
जब तुम लिख रही थीं
कोटि मन-भित्तियों पर
युगातीत मंत्र खोई अरण्य में।
बदल गई समय-सुरा
बूँद-बूँद विष में।

प्रतीक्षा

जोंक-सी थी चिपकी
मैं रसभरी की
अद्‌भुत फाँक-सी।

स्रोत कि जिससे चूसी जा रही थी
पी रही थी उसी से
ओक-ओक वापस।

विराट मेरे विस्तार
नारे लगा रहे थे खिलाफ।
चाटेंगे नहीं तुम्हारे विचार
भूख है अन्न दो
अन्न दो माँ!

विकृत अनुक्रियाओं की शिकार
खड़ी रही
पत्थर के सान्निध्य में।
कि हा हा हो हो ओ हो
नहीं-नहीं
ऐसे नहीं
वैसे भी नहीं
ऊपर भी नहीं
गर्त में भी नहीं

नहीं-नहीं सब कहीं नहीं
मृत्यु में भी नहीं
सब कहीं नहीं...

तुम्हें मौन नहीं मरना
तुम्हें चीखना भी नहीं
तुम्हें भीख नहीं खानी
तुम्हें भूख से नहीं मरना
तुम्हें पेट भी नहीं भरना।

बनती बिगड़ती सिलवटें
खींच-खाँच ठीक करती बार-बार
अस्थिरता को सहज में तहाती
हर क्षण हो जैसे
अन्तिम क्षणों पूर्व।

अन्तिम क्षण

फिर मेरे चिथड़े उड़ गए
फड़फड़ाए श्रेण्य, श्रुति, मंत्रबीज
खंडित।
वे पकड़ते हुए
पढ़ न पाए लिपि
कर न पाए मिलान
मंत्रो का।
यद्यपि कर रहे थे
भीड़ अपने पीछे।

आँखें मुँद गईं
वे जान गए मेरा अवसान।
ठहाका लगाया।
हथेली बढ़ाई
लो मुक्ति मिली
मगर ढीठ के होंठ
फिर भी हँस रहे हैं।
मैं भी सम्मिलित थी
उनके साथ
मुझ पर।

प्राण बंद होते
खुलते

निकलने हेतु
अन्न जो खाया था कोंच-कोंच
विष बना।
दैन्य था दवा न थी।
तब मैं मंत्रमुग्ध थी
वे समझने लगे

मैं उनमें से किसी न किसी से
या उन सबसे
अश्लील प्रेम करती हूँ

तभी तो
कल होनी है फाँसी
मैंने किया है
प्रेम जितना बड़ा अपराध।
प्रेम अपराधी करते हैं।
पतित पापी साधारण लोग करते हैं।
दलित पददलित इत्यादि करते हैं
प्रेम अकेले और विक्षिप्त लोग करते हैं
फाँसी से पहले
पागलों के गिरेबां में घुसते हैं।

अभी तो हम

अभी तो हम कबायलियों की ही
बातें कर रहे थे
मिट्टी के घड़ों में छिपाकर
जलाया दीप
युवक दाँत पीस रहे थे
बूढ़ों की पीठ थपथपाते
आप बच गए आफ़री-आफ़री

दम साध रहे थे
दम रोके।

सपने देख रहे थे।
और फिर पूरा करने की
तकनॉलाजी बना रहे थे।

अभी तो दुश्मन और हमारे खून
की गंध बची थी
अभी चीलों-गिद्धों की
वह पीढ़ी भी हयात थी।

अभी वे बच्चे जानना शुरू हुए थे
अपना उत्पत्ति इतिहास
जब वे भागती माताओं के गर्भ से गिरे थे

कपालों पर बचाते हुए
प्रमाण-सी अमिट खरोंचे।

अभी खोट के बीज की खोज शुरू हुई थी

अभी उकसाते
ताज़ातरीन खँडहर

कि हम बोल पड़े
खोजते संस्कृति अवशेष
हटाकर राख
कुछ न मिलने पर
खेलते।

निगल* दरअसल से रही थी अब भी
वितस्ता सँभल रही थी
तन गए थे
आगामी क्षण
समझदारी से बीतने के लिए।

मिचक:
कि सब कुल्हाड़ियों, कट्टे, गाँसे,
चाकू शाल्टंग** में दफन है।

वे भूलने के शग़ल से,
हम बारीक विजय से
बेचैन थे।

सारा शहर पहले खाली कब्रों से
भर गया
फिर सारा शहर धरने पर
उनमें उतर गया

क्षण सन्न रह गए
निगल आत्महंता
व्यर्थ रजमय
शब्दों के अर्थ उलट गए।

---

*एक झरना।
**एक स्थान जहाँ कबायलियों ने आत्मसमर्पण किया था।

मैं : 1

घर का हूँ घर
खूबसूरत जन्नत की ज़मीन
घर कि चाहिए था
खुद उसे इक घर।

घर को गो लग गई
मेरी ही नज़र।

और घर कि भर उठा रश्क से
कि शहर को चाहिए थे दो चश्मे।
कि सूखा इधर था सरबंध कहीं पर।

घर जो डर गया
तो बन गई मैं घर।

घर बहुत ज़ालिम है
न बनाना दोस्तो
घर तुमसे
ज़माने से
बड़ा शातिर है, आलिम है दोस्तो!

कि बनाया सूरजमुखी मन मेरा
रोज़ पीता कहीं होता अगर सर में

क़तरा जमा।
घर की मैं घर
बड़ी मुफ़लिस हूँ
घर भी क्या जोक है
चिपका है
मुसीबत है।

मैं : 2

क्या थी मैं
अथाह असत्य की पोटली
अदृश्य हाथों में
क्या थी मैं
धूल चढ़ी रंगमंच पर
बार-बार झाड़ी गई
चढ़ती रही मैं फिर वहीं
चढ़ने रँगकारों पर।

क्या थी मैं
चतुर, द्वेष गट्ठर
ईर्ष्या पुंज।
और तब भी कुछ थी चुपचाप
मुझ जैसे जब चीख-चीखकर
माँग रहे थे भीख
मैं आँख बंद किए थी
रही थी कुछ सीख।

एक कवि प्रेम करता हुआ

झोला लटकाए आया
बैठा
कविता सुनाई।

कविता में मैं थी
विस्मृति थी
पुराना काव्य संग्रह उसने कहा नीरस है
उम्र! उसने कहा बेबस हैं।
यह! उसने कहा मेरे वश है।

जगत् की बड़ी राजनैतिक, धार्मिक और
आर्थिक समस्याओं का नाम
सिर्फ प्रेम है।
तमाम सारे संकट
आनुषंगिक हैं।

प्रेम ही जड़ है समस्याओं की।
इसी कारण उसका घर छूटा है।
शरणार्थी शिविर है
और इस निदाघ में भी
स्मृति का स्वर्ग-सा शिशिर है।

अचानक उस ब्रह्मांड के भीतर
चीज़ों ने अपना-अपना स्थान
अब बदल लिया
कोई रास्ता कहीं नहीं गया
तब मात्र कविता में वह चलता रहा।

मुलाक़ात

हाँ, हम मिले थे
तुम फ़रियाद सुनने
मैं सुनाने।

शायद मैं अवसर पाकर
तुम्हारे कंधे पर
सिर भी रख आती।

बैठकर घास पर शिशिर की
हम ढेर सारा हँसे
तुम्हारी चिंगारियों में
ठंडक तो थी।

हमने की नहीं
कोई घर की बात
जबकि हमारी मुलाक़ात का
मसौदा वही था।

हमने की नहीं
निकाले जाने की बात
जबकि हमारी मुख्य समस्या वही थी।

हमने की नहीं तबादलों की बात
जबकि आजकल
वही हमारा खतरा था।

हमने की बस
यों ही कुछ बातें
हम सरकार के खिलाफ़
कुछ न बोले।

व्यर्थ में अर्थ कितना निहित है
इस निष्कर्ष के साथ
हम चालाकी से
विदा हुए।

शब्द

आकारों के लिए
भटक रहे हैं
बोल पाने के लिए
तपे तवे पर
जिंदा मछलियों से शब्द

बाँध दिया पेड़ से
और भून दिया।
न मरा तो
निर्वसन दे दिया निर्वासन।

सबकुछ था अपना
कर देते पुनर्नवीन
मेरे यहाँ पहुँचने से पहले ही
तुम आगबबूला क्यों हुए थे
मेरे देश।

बुद्धिमानों की नशेड़
भाषाओं के बीच
रिंद मेरे शब्द
कैसे गाएँ तुम्हारी झूठी प्रशस्ति।

कुलबुला रहे हैं
तुम्हारे हर अंग पर कीड़े
कैसे गाएँ तुम्हारी झूठी प्रशस्ति
उनके वेश्या-शब्दों की तरह।
चाहो तो तुम मारो कोड़े ही
कोई फर्क नहीं पड़ता अब।

मैं मेरे अनेक मैं
देख रहे हैं इन्हें
तुम्हारे अनेक वे
बँक रहे हैं उन्हें।

तुम नहीं हो स्वस्थ
फिर कैसे गा सकते हैं
झूठी प्रशस्ति
सच पर मर्सिया पढ़ते शब्द।

बुद्धिमानों की उस विषकन्या का
उतर रहा है धीरे-धीरे
तुम्हारे भीतर विष।
हाय इस अचीन्ही आपदा पर
कितने हो खुश।

उनने फाड़ दी मेरे शब्दों की देह
कि मूक हो सत्य
घुट-घुटकर रो रहे हैं
सिसक रहे हैं शब्द।

लोहे के वंशज

कूटते
ठोंकते
गढ़ते
वंशज राजा के
लोहे के।

राजा महल का
जंगलों में रहा
जो अब मैदान हुए
घर तब भी नहीं।
वंशज रहते हैं औनों-कोनों में
दुबके, धुआँते।

लोहा इन्हें कहाँ से मिला
खोज हो रही है।
उन पर कैसे बनाते हैं ये धार
शोध हो रहा है।

राजा क्या था?
लोहा था
लोग कहते हैं।

इनके ठेले

लोहे के जहाज़।
तम्बू
युद्ध के जहाज़।
नारियाँ
लोहे के नीचे दहकती आग।
कंचुकी-विहीन

उच्च स्तन संकल्प से
बच्चों के मुखों पर
लोहे की परत
नंगे पाँव
खुरों सहित किंतु।

पाप

वह एक आदमी में
सूराख कर गया
और घुसता रहा
हवा की तरह।

फिर यह हवा घुल गई
शहर की आबोहवा में।

हमारे फेफड़ों में
दूर-दूर तक की संततियों में भी
पहुँच के बैठ गया
अग्रिम

जब इसी से गहमागहम है शहर
फिर इसे कैसे कहें कहर!

दीक्षांत भाषण

घुल जाना
चीनी सी
पानी में
चुपचाप
बह जाना परनाले से।

कच्ची मिट्टी पकड़ना
ज़ोर से
मिट्टी और घास के साथ रहकर
ढँकती रहना उनकी कच्चाई
सच्चाई से।

नहीं जानना
जानना है क्या
न जलाना कोई दीप फालतू
चलाना काम यदि न भी हो
प्रकाश।
निभाना।

वर्ना तुम्हारे दीप से ही
मिले मुखाग्नि
शब्द-गठरी न खोलना
उसी से गढ़ेगे दराँतियाँ।

खोद लें तुम्हारे मूल
अनावश्यक या नुकसानदेह घास मान।

निगलना जीभ
जब हो शब्द की हौंस।
तुम्हीं मुहैया करना नमक
समुद्र-सी
तुम्हीं मुहैया करना अनाज
खेत-सी
तपना तुम्हीं सिर्फ
रेत-सी
बाकी जब सोये हों सब्ज़ारों में
दौड़ते हो रफ़्तारों में
तुम्हीं हो जाना
तेल सड़कों की
चढ़ जाना उनके पहियों पर
घिसावट-सी
सदा हो जाना अलिखी
लिखावट-सी।

आग की भूख

आग आई हफ़्ता वसूलने
पहाड़ की तलाशी लो
बची हो लकड़ी कुछ
छिपे हुए लोगों की।

उगा हो ज्यों तीर कोई मुँह छिपाए।
खोदकर भागे हो मुखबिर खंदक।

पलटन का इखलाक
उन्हें बेचैनी के
निवाले खिलाता।

हसरत थी कि वे मरे हुए वालिदैन
और बच्चों पर कद्रे कम रोये
वक़्त की बर्बादी बचाकर
आँखें पोंछी
जैसे आगे उनसे मुलाक़ात होवे।

मुखबिर रूहों की चादरें
आग ने नहीं कबूलीं
क्या वे लौटेंगे?
ओढ़ेंगे?
बिना जिस्मों की गंध के?
चादरें धड़क रही थीं

हवा में नक्श बनाती।

आग धमकाती
वक़्त बीतता बताती
घड़ियाल बजाती

ये वक़्त की भीख माँगते
तब दरिया की तलाशी ली उनने
वहाँ मछलियों में आग थी
आग में तैरती
वहाँ भी चादरें थीं
साफ़ साबुत...।

अबूझ फ़िज़ां में झुलसे
और लौटे
आग की ही पनाह में गए।
आग ने भूख झेली थी
सदियों की
पनाह न दी।
नंगी, क्रूर, बेशर्म...पगलाई औरत-सी

नुंद* आए
अपने यारों की चादरें उढ़ा दीं
आग को गिजा दी, हवा दी।

आग ने इस बार हफ़्ता वसूला शानदार।
खूब खर्चा वहशत का ज़रब।

अब लेंगे आसमान की तलाशी
अब के उन्हें ही खा डालेगी
आग
भयावह भूखी।

* सुंद नुंद ऋषि

घर : 1

जिनके घर है
कहते हैं घर नहीं है
हम ही ठीक हैं
जिनके घर है
कि घर है जो नहीं है।

घर : 2

घर के बारे में बहुत कुछ
कह रहे थे
मसलन समझाते कि घर
एक पीड़ा, एक यातना, एक निरंतर
झुलस पर
विराम चिह्न है।

ये बातें वे मार्मिक फंतासियों
शहर जितने बड़े रूपकों,
ब्रह्मांड जितने बिम्बों,
अनुप्रासी प्रवाहों
महाकल्पित अलंकारों
के माध्यम से समझाते।

बात तब भी नहीं बनती
कुछ बातें वे फिर करते ही
गद्य में सिर धुनते।

मेरी आत्मा में टहलती
नंग-धड़ंग ललद्यद कहती-
यह वही घर है जहाँ
जाने को मैं थी तरसती।

---

* चौदहवीं सदी की एक कश्मीरी संत कवयित्री

इतिहास वृक्ष

मेरी प्रथम दृष्टि का बीज था
इतिहास का पौधा।
दृष्टि से फिर जल भी गिरा
धरती की पहली परत से
बीज नीचे-नीचे जाता रहा।
वृक्ष हुआ इतिहास।

जंगल इतिहास का
जहाँ मैं भूगोल भूल गई।

मैं दृष्टि मूँदूँ
कि जंगल उगना रुके
मैं मिट्टी को रखूँ आँखों से परे
कैसे?
कि बीज गिरना रुके
कैसे?

सूखे काठ से दिन

सूखे काठ से दिन
गिरती चिनार की टहनियाँ...
अम्बार हैं दिनों के।

न चूल्हा यहाँ
जलाएँ सेंकें क्षोभ।

सब खावें यहाँ कच्चा अन्न।

न पृथ्वी यहाँ
एक बगिया हो तरकारियों की
लगावे बाड़।

न दुरुस्त है कि उड़े
इस काठ के जहाज़ पर
दूर-दूर करें खबर
उस छोर तक
जहाँ ईश्वर के घर का
हो अहाता शुरू।

यहाँ कुशल कारीगर नहीं
घर नहीं
कि नक्काशीदार

गवाक्षों पर चढ़ा दें
हमारे जिस्म नहीं
कि मढ़ें चर्म।

यहाँ कोई स्त्री नहीं
न किसी मैदान का
अता-पता
अलाव का इंतज़ाम करे
रोशनी के कद्रदां
पकाकर खाएँ रोशनी।

बिना शरीर
हम उठाकर कहाँ रखें
सूखा काठ बेशक़ीमती।
जीवितो!
मृतक तुम्हारे लिए
बहुत कुछ करना चाहते हैं
तुम्हारे लिए
अपने दिनों का
बेशक़ीमती काठ
स्वाहा करना चाहते हैं।

कवि-हीन शहर

हमारे पास कवियों की फेहरिस्त थी
जिनसे मिलना था
बिलतरतीब
जब हम इस शहर में आए।

जिस कवि से मिलने गए
वह निकल चुका था
अपने गाँव के लिए।
उनके बुत खड़े थे अविचल।

कभी-कभी लगा कि जैसे किसी-किसी
की पलक-हिली
या हाथ चाह रहा था हिलना
हम ठिठकते।
कवि निर्विकार हो जाता।

जाल में यह पक्षी
बहेलिया पकड़े है, व्यग्र है, आशंकित है
जाने कब आएँगे कवि
अपने-अपने गाँव की किसी
गहरी मंत्रणा से लौटकर
किसी दिन

एका कर जाल समेत उड़ जाएँगे
बहेलिये को दिखाते हुए ठेंगा
आएँगे मेरे गाँव
मैं चूहे की तरह कुतर लूँगी
जाल।

नालिश

मैंने माना नहीं स्त्री होना
अपराध और बैठकर उसकी
जाँघों पर
बाँध ली गर्म पोटली
वह निर्लेप हुआ।

फिर मैंने उसके फटे में
डाल दी टाँग
फिर वही हुआ
जो हुआ था पहले।

फिर मैंने फाड़कर प्राकृत
विशुद्ध किया शास्त्र
द्रोह की तरह
यही थी विडम्बना

सब देख रहे थे तमाशा
जैसे देखते हैं सज्जनों को
दुर्जनों को जेल ले जाते हुए
इन्हें किए की सज़ा मिलनी ही चाहिए।

मैंने जो किया तर्क
वह रोया
सब बोले कि फूट जाए मेरी आँख
जो गीली भी न हुई।
यह सब लिखा गया।

असह्य पीड़ा : 1

अनन्त समुद्र औंधा
चंद्र-किरणों की सीध में
ठहरे-हिलते अश्रु।

सहती फिर भी टिकी पृथ्वी
कहीं न कहीं
सबकुछ देता हुआ भी
अकेला तत्त्व मात्र
परमत्त्व में डूबा।
मेरी चीखें...तुम्हारा विस्तार।
मैं सीमित...तुम अपार।
सुख-भास
कितना भी हो
आच्छन्न हो जाते हो कालिमा से
कितना भी ठहरे रहो
बरसते ही हो
बरसना यद्यपि नया स्वास्थ्य
न बरसना
पीड़ा अमाप्य।

कुछ तो कहो
कोई असत्य ही

असह्य पीड़ा : 2

कि तन अंगार
घन अकाल

कि मैं नहीं कलापूर्ण
इंद्रधनुष-सी
चल न पाई किसी
कज़्ज़ाक के तीर-सी।

मिट्टी मैं किसी विजन के खोह की।
अग्नि में हूँ निरंतर जलता वन।
रोके हूँ कि न जले कहीं सम्पूरण।

अवतार सिंह 'पाश' के लिए

कविताओं का झुण्ड
इधर से गुज़रा
सूर्य की शक्ल में।

पश्चात्ताप के आँसू
बहाती हुई मृत्यु
प्रार्थना कर रही थी
कि रुँधी जाए उनसे,
दंडित हो
और ईंधन से गिर रहे थे
उसमें आँसू
झुलस हुई मुझे
फटने लगा जैसे अंदर
बाहर को।

भाषा मुझे आती नहीं
गालियाँ दे दीं तेज़-तेज़
तब मूक विवशता में
थूक दिया मैंने भी मृत्यु पर
वह जो सूरज से
रौंदी जाएगी
प्रायश्चित्त करेगी सदियों तक
वाह! तुम भी क्या मरे
जन्म लेने की तर्ज पर।

कविता का उद्गम

इतनी यादें
मर न जाएँ हम सब
इतनी महीन-महीन-सी यादें
जैसे दीवार की वह काली ईंट।
जैसे बरामदे पर आप ही खुद गई
वह शब्द-सी लकीर
जैसे अगले कमरे की कील पर
टँगा काला थैला
या परले कमरे में साफ
किए कई बार मकड़-जाले।

इतनी क्रूर यादें
जिस घर की पीठ पर बैठकर
सोचा करते थे
जगत् का दर्शन...
जगत् में सोचते हैं
अब उसी के बारे में।

सम्मोहन

इस कारागार से
जैसे दिख रहा है
वर्दी पहना ज़ख़्मी चिनार
जैसे रो रही हैं जड़ें
चीड़ से आदमी की लाश की तरह
निष्क्रिय है तना
तलहटी पर
यह कैसा भयावह सम्मोहन!

कोढ़ग्रस्त सिर खुजला रहा है चिनार
ऊँघ रहा है लथपथ
भूमि पर पड़ा
बूढ़ा चिनार।
पकड़ रहा है अपनी मुट्ठियों में
मज़बूत बंदूक
बच्चा चिनार।
अपने पत्तों से
अपने मुँह पर पड़ा खून
पोंछ रहा है पिता चिनार।

मरीना त्स्वेतायेवा

अभी नहीं पहनूँगी मैं
यह असली हीरों का हार
अभी नहीं जिऊँगी तुम्हारा जीवन
अभी में दुर्बल हूँ।

आसन्न मृत्यु है तुम्हारी माँ
और मैं हूँ माँ की गोद में।

तुम कैसी स्त्री हो
रोज़ देती हो सूर्य को
ईंधन की नई खेप।

मरीना! भयावह आग है आस-पास
और मैं बीच में हूँ
वृक्ष की तरह
कविताओं की दुर्बल टहनियाँ फैलाए।
मैं जल रही हूँ
भयंकर शिलाखंडों के बीच
काँख में दबाए
तुम्हारी कुछ धड़कनें
सात ठगों के खज़ाने की तरह
कोई नहीं जानता
इस अजीब-सी मेरी गोपनीय खुशी को

अभी नहीं करूँगी इसे व्यय
मरने के बाद मरीना! मरने के बाद
मैं दुबक जाऊँगी किसी कोने में
इस संसार के
छिपकर देख लूँगी
यह चुराया हुआ माल।

शरणार्थी शिविर

एक टोली बलात् भिक्खुओं की
भिक्खुनियों की
शिशु अभी-अभी गिरे फलों से
शरणागत
त्याग आए थे अपना राजपाट
और शाकामत

बोली भिक्खुनी एक
छोड़ दिया है उसने विपुल ऐश्वर्य
और बाहर कोई दानी दे गया है
एक बोरी आटे की
रखी है बरामदे में।

दोड़ती हुई आई दूसरी भिक्खुनी
कि वह सत्य बोलती है
दे गया है कोई दानी
सीताफल
जिनमें एक सड़ा है।

आ गई तीसरी भिक्खुनी
कहते हुए कि कोई आ गया था
पुराने चीवर लेकर
पर लौटा दिया उसने कहकर

‘हम हैं सर्वोत्तम भिक्खु’
अतः लाए वह
सस्ते किन्तु नये चीवर
आए बच्चे कुछ दौड़कर
कहा–बाहर आई है
पानी की गाड़ी
शायद कोई बिम्बिसार है
कहीं समय में मौजूद
जिसे खोजने के लिए
खोदी जाए सुरंग
श्वसन क्रिया पर
ध्यान रखकर

फिर बोले भिक्खु
इससे पहले कि मिले
संबोधि
एक बार क्यों न खाएँ
भेड़ की कलेजी और
पीले चावल
बुद्ध नहीं होंगे क्रुद्ध।

बुरे दिनों के बारे में

बुरे दिन थे वे जब हम
स्वर्ग के आबोदानों पर जीते थे...
तुम स्वर्ग के पर्वतों का आरोहण करते
स्वर्ग की ग़ज़लें गाते
मैं स्वर्ग की झील से
परीमहल में फंतासी लिए हुए घुसती
परियों से बतियाती
लहरों के रंगों को नाम देती
घास और दूब की
शब्दातीत हरीतिमा पर
खुशी के दो आँसू टपकाती।

बुरे दिन थे जब
हम मेजों पर बढ़ाते चाय के प्याले
स्वर्ग देखने आए दोस्तों को
और एक-एक घूँट के साथ
खिलाते दृश्यों के लुकमे।

नावों का एक पूरा आंदोलन,
काँगड़ियों के आविष्कार का
प्रागैतिहासिक वर्णन
पेशम के मूल्यवान लबादों की
भेंट के साथ

हम स्वर्ग से विदा करते
दोस्तों को

देते निमंत्रण पुनः आने का
और स्वर्ग दिखाने का करते
परस्पर आयोजन
बहुत बुरे दिन थे...
हमारे महत्त्वपूर्ण दोस्त थे
जो हमें महत्त्वपूर्ण मानते थे
हमारी इच्छाएँ थीं
सपने थे
दिन थे
रातें थीं
गहमागहमी थी
बागों में घूमने की हमारी कामनाएँ थीं
अल्मारियों की दराज़ों में
इत्मीनान की तरह थीं इत्रें
यथार्थ में फूल
कालीनों की तरह थे
वे बुरे दिन थे

हम और तुम
इन इत्रों में से एक खास इत्र की
खुशबू की याद में
लगाते ढेर सारी स्मरणशक्ति
ड्राइंगरूम में कहीं से
भूली-भटकी चिड़िया की बीट से
हम पीटते माथा

सचमुच बुरे दिन थे वे
हमारे पास घर थे
बहुत ही मामूली थे

हमारे मिलन और विछोह

घरों में बेपनाह जगहें
हमारे पास नल थे
हमाम थे,
कपड़े थे
साबुन था ढेर सारा
हमारे पास क्या न था
हम कितने बुरे दिनों से
गुजर रहे थे
हमें पता न था।

जम्मू

इस महापर्व ग्रस्त अस्थापन में
लोग मिल रहे हैं गले
निर्वासन की काली मेहँदी रात में
गा रहे हैं एक नया कथासरित्सागर।

वे करते हैं मृत्यु के
विविध रूपों का वर्णन

तुम बैठो किसी गाड़ी में
खड़े होओ किसी भी नुक्कड़ पर
जाओ किसी भीड़-भरे बाज़ार में
वे दिखा रहे हैं
कि कैसे गिरी स्वर्ग में लाश
और कैसे फुर्र हुई आत्मा।

तुम न भी समझो
फिर भी अद्भुत हैं उनके अनुभव
मरण-सूत्र
कोई वृहद-ग्रन्थ लिखा हुआ
यहाँ के जीवित एक-एक जोड़ी होंठों पर
तुम न धकियाओ
न ठूँसो नाक पर रूमाल
स्वर्ग से वे न लाएँ प्रदूषण।

दोस्तो आओ!
इस अस्थापन के जश्न में
कुछ तो बोलो,
क्या कभी तुमने सोचा भी था
मरेगा स्वर्ग।

आजकल

आजकल मैं सिर्फ
सोचती हूँ
बंद हो गया है पृथ्वी पर
दीवारों के बारे में सोचना।
जो था सोच में
एक व्याधि की तरह।

हवा में छत सँभाले हाँफ रही हूँ
और स्वप्नों ने भी कर दिया है बोझिल।
लौटे हैं हम पुराने कारखाने में
हैरत है औज़ार हमसे
जैसे छूटे थे
वैसे के वैसे हैं
क्या प्रतीक्षा में जंग नहीं चढ़ती?

हमारे औज़ार पक्षियों की तरह
हमारे हाथों में आए उड़कर
जैसे जेल से छूटकर आई हों
बच्चों की माँएँ
औज़ारों ने यूँ सूँघ लिए हों
अपने-अपने हाथ
बिना गलती किए।
हम एक-दूसरे से बोले भी थे
तौबा कितने वर्ष!

बरास्ते

बरास्ते माँ की कोख
मैं आई इस गली
उस गली में थी पुरुष
यहाँ स्त्री हूँ
वहाँ थी मुसलमान
यहाँ हिन्दू हूँ
वहाँ कल जो मातम हुआ मेरी मृत्यु का
सो यहाँ कोई खुशी न हुई
मेरे जनम की

तो जिनाब!
बरास्ते मातृभूमि
मैं आई हूँ इस शहर में
यहाँ मुर्दा हूँ
वहाँ थी ज़िन्दा
मैं यहाँ काफ़िर हूँ
बरास्ते यहाँ
मैं वापस जा रही हूँ जिनाब
उस गली
जहाँ होंगी फिर खुशियाँ
मेरे होने की।

ख़बर

कहो शॉल वाले
कैसा लगता है लाल चौक
हब्बाकदल
कितनी गिरी बर्फ़
इस वर्ष
काली बर्फ़?
इस वर्ष।
त्राहि-त्राहि।
खुदाया खुदाया।
ओ हमशीर!
रो रहा है
तुम्हारे बिना
कश्मीर।

सपने

विधवाएँ देखती हैं
सपने सधवाओं के

परित्यक्ताएँ देखती हैं
सपने प्रेमिकाओं के

क्या देखती हैं
सधवाएँ और प्रेमिकाएँ?

आबादियों के साथ

मैं कहाँ अटक गई हूँ दोस्तो!
किसी टूटी दीवार के नीम-सर्द
साये में
जहाँ नीचे सीलन की आँगन है
एक खास बू लिए...

किसी दौड़ती हुई ट्रेन में
देख रही हूँ लोगों के चेहरे
पहचान कुछ याद आए
कहाँ से भागे हैं वे।

मगर वे वापस घर जा रहे हैं
सैर के बाद।

मैं अटक गई हूँ
क शब्द पर लोगो
एक बेलज़्ज़त से
हँसाने लायक़ शब्द पर।

पूरी आबादियों के साथ
किसी दहलीज़ पर।

धुआँ

धुएँ के महलों में होती हूँ रात भर
धुएँ के महलों का नक्शा अजीब है
धुआँ मुझे प्यारा है
उसकी दीवारें कैसी हिलती काँपती
उसके रंग बदल जाते हैं लम्हा-लम्हा
वह बर्फ़ भी होता है
आग-सा सोना भी
बेहद ठंडी झील से भी क्यों उठता है धुआँ
धुएँ की ही छत रहती है मेरे सिर पर।

उठते उड़ते धुएँ को है किसने रोका
मुझको बहुत ही सच लगता है इसका धोखा।
धुआँ मेरे हर मसान से यों उठता है
जलती बस्ती के हर मकान से ज्यों उठता है

कहते हैं धुआँ दर्द की शक्ल होता है
आग और धुआँ दुनिया का समझौता है।

मैं धूल

मैं धूल उड़ती
तो मन फूल हो जाता।
मैं धूल
बैठ जाती तो
मन
धूल-धूल हो जाता।

जड़ें

घर पानी में था
यह गया?
घर शिला पर था
वह गया?
घर सपने में था या सोच में?
घर सचमुच था?

बादल युद्ध के थे?
चाँद शक्ल का?
रोशनियों का खासा तमाशा
हम लाम के भगोड़े थे?
लाम पर लौट आए?

यह अंधकार है?
या हम अंधे?

छत तो थी। होगी? या छलनी
टीन की?
आँगन तो था। होगा? या ढेर
हथियारों का?
हुक्का था पापा का। होगा?
कहा था न इसे रहने दो। गुड़गुड़ाएगा
शत्रु भागेंगे।

सोचा था न कि कुछ दिनों की बात है
लौट आएँगे।
क्या हम जागे हैं
पता नहीं चलता
खिड़कियाँ कहाँ हैं
ज़रा टटोलो
जहाँ जड़ें थी
क्या हमारे वृक्ष गिरे हैं
या हम
जहाँ धरती में
जड़ें थीं।

रात

काली वीथियों में
यही से तो चले थे
जब समय के उदर में
हुए बंद।

मैंने कहा बार-बार
समय का फाड़ दो पेट
निकल लो आगे।

बचेंगे तो अंततः
आ मिलेंगे।

अब

कलम की जगह
हाथों में हैं सलाइयाँ
विचारों की जगह घूमता
ऊन का गोला।

जुबान पर
अब अश्रु है वाणी
पूर्व माताओं की तरह
निरक्षरा की तरह एक गीत है
जुबान पर
हब्बा खातून का
जिसका हर टुकड़ा
दिल के वाद्यवृन्द की लय में पड़ जाता है।
अब तो कुछ भी नहीं है
बुद्धि, ज्ञान और विवेक की तरह।

नहीं है मेरे पास
बड़ी-भारी बात
अब तो चाँदी की राख में
मैं माँजती हूँ बर्तन
और सोने-सी धूल से
सन जाती हूँ
घर बुहारकर।

ललद्यद

छिलकर तलवो का मांस
मिल गया है सड़कों की रोड़ी से।

तुम्हारे वाक्य को लिख दिया अंदर
इंच-इंच दीवार पर
फिर बारीकी से बदल लिया धर्म।

छिल गया है तलवों का मांस
मिल गया है सड़कों की रोड़ी से
इस हिसाब से हमने देश को
कर दिया है एका
आशाओं की कार्यशालाओं से
रोज भरते हैं
कच्ची मिट्टी के कटोरे मन

जेब में नहीं है खोटी दमड़ी
दे रहे हैं नाविक को शुल्क
छीलकर अपना मांस
छील ले वह पूरा-पूरा
उतर जाना है हमें पार
बनी रहना
अभी बस
आ रहे हैं हम।

क्षीर-भवानी

पंचस्तवी के शब्द
तुम्हारे चिनार पत्र
हमने गाये थे
सामूहिक स्वर में
नहीं थी इतनी अधिक भीड़
इससे पहले
तुम्हारे आँगन में।

वे भी आए थे
तुम्हारे बेटे
चिनार-पत्रों से छनती
अमरता की धूप सेंकी थी उनने भी।
न रहा कोई
तुम्हें बँधाए जो ढाढ़स।

हम फिर भी न होंगे नष्ट
वे जल की तरह हुए मेघ।
नहीं रहा वह
तानसेनी पुजारी तक
गया क्या नाग के अतल में
और बदल न पाई तुम अब तक
वस्त्र।

पंचस्तवी के शब्द
तुम्हारे नाग के जल-कण
रंगारंग पुष्पाच्छन्न
और तुम स्वयं कर रही थीं लास्य।

कैसी थी उस जीवन के अंतिम-पर्व
में अथाह-सी, तुम्हारी मनःस्थिति

फिर क्या कुछ हुए पिता?
क्यों हुआ तांडव?
तुम्हीं ने कहा था
शस्त्रहीन होना सबसे सुरक्षित होना है।

हमने नास्तिक विश्वास तुम्हारे नाग में
बहाए थे
हमने तुम्हें अपनी आँखों से
अविश्वास के साथ-साथ देखा था
तुम्हारा लास्य देख हम
सुख-सुख में रोए थे।

तुम नहीं थी अमाप्य हिमगिरि पर
या व्योम में
फिर भी कहाँ से उगा जलोद्भव
जल-शून्य घाटी में
और जल गए कितने मेघ
मर गए अमरता की मृत्यु
भिड़ी हो अकेली
हम इसीलिए हैं क्षुब्ध

पंचस्तवी रख आई हूँ ताक पर
बाँधो तरंग*
पहनो उन पुष्प-पत्रों का परिधान

पार न होगा जिनके कोई बाण
हम मृत बच्चों को
जनोगी तुम्हीं फिर।

---

* तरंग, विशेष क़िस्म की सिर की टोपी

यह धुन

संगीत की यह धुन
घुल रही है वादियों की
हवा में
तृण किए जा रही है मुझे।

बैठी जा रही है नदी की सतह पर
पेड़ से कटे पत्तों की तरह
शांत, मस्त, मलंग।

न जाने कहाँ जाने को
खुद बनी नाव।

बैठ रही हैं बादलों की पहली परत
पर्वतों पर
उठेगी थिरककर
बनेगी ओस घास पर।

और फिर उठकर आएगी
बैठ जाएगी मेरे अंदर
आग की एक तह बनकर
संगीत की यह धुन।

हम

हम जलते हैं
जलने पर ही पलते हैं।
जो ऊब जाता है हमारे प्रकाश से
बुझाता है हमें दूर फेंकता है।
तब भी हम जलते हैं
नए अँधेरों की खोज में निकलते हैं।
वहाँ भी जलते हैं
हम सिर्फ जलते हैं
जलने पर ही पलते हैं।

वह चला गया

वह चला गया
मेरे घर से
युगों की शिकरत जैसे।
जैसे निकल गया मेरे तरकश से
एक भारी-सा तीर
और लग गया खुद-ब-खुद
कुदरती निशाने पर
वह चला गया
सीधी हो गई रश्मियाँ प्रकाश की
उसने किया था ओट
मेरे कई अंतरिक्षों को
अलिफ नंगे हो गए
कई आसमान
जब वह गया
गई मेरी युगों की
पराधीनता
गया वह
मेरी रजोमुक्ति की तरह
भय लगता था मुझे
प्रकाश से।
अब मैं प्रकाश में डूब चुकी हूँ आकंठ
जब वह चला ही गया
अंधकार की तरह।

पुरुष

उन्होंने लिखा मैं परित्यक्ता हूँ
और साबुत हैं मेरी इन्द्रियाँ।
यह कहते हुए उन्हें कलात्मक
होने की ज़रूरत महसूस नहीं हुई।

वे आश्वस्त थे कि इस
मामले में संवेदनशून्य होने पर भी
ये बने रहेंगे कवि।

मैं वैराग्य की ऊब में
उतर आई उनके जंगल में
नाव लेकर जैसे चल पड़ी हो
मछुआरिन
समुद्र के खतरनाक
शरीर पर।

उनका सारा पौरुष था मेरी नाव में
उन्हें भ्रम रहा
कि उनकी जेबें भरी हैं।
वे हँस रहे थे
झूम रहे थे
और गिर पड़ रहे थे
इससे भी वे दुखी थे

वे रो नहीं सकते थे
इसे वे अधिकारच्युत होना
मानते थे
वे मेरे साथ किए जाने वाले
हर सुलूक पर आपस में
असहमत थे
उनके पास कुछ कबाड़ के अलावा
मुस्तफा और कंफ्यूशियस के कंधे थे।
उनकी समाधियाँ मेरे एक निःश्वास से
डोलती
मैंने थैले में चुराकर उनका
पौरुष समुद्र में
नाव में
रखा था
उन्हें भ्रम रहा
उनकी जेबें भरी हैं।

सुरक्षित

हम भस्मीभूत हो चुके थे
और लिपट रहे थे उन जीवित शरीरों से
हम समाप्त हो चुके थे
फिर भी मानने से झिझकते यह सच

हम मानते हमारी देह है
और पकड़ते फिज़ूल की एक खोखली
हँसी के साथ उनके कंधे
ताकि लगे उन्हें कि हम हैं

वे निकल जाते निर्बाध
हमें पारस्परिक शर्मिन्दगी में डुबो के।
हम मानते कि इस अघटन के बवंडर में
वे भी डूबेंगे
वे भी यानी
उनके साथ मिटना कोई ग्लानि नहीं होगी
यानी कि वे भी मिटेंगे।
(पर प्रभु करे वे हमारी तरह न मिटें)

हम कविताएँ होने की खुशी में
देखते ही रह गए
शब्द मिटा ही दिए थे
अर्थों के पानी ने।

भूल जाइए कि भस्म हुए देह नहीं होते
यहाँ हूँ मैं सांगोपांग।
उस पर तुर्रा कि
मेरे भीतर बह रहे हैं
गीतों के क्षीरसागर
संगृहीत है पहाड़ी सुबहे
विलुप्त भाषाएँ
अक्षुण्ण है मुझमें
अखंड महाकाव्य
इस महानश्वर संसार से
अत्यंत सुरक्षित।

कविताएँ

कितनी कविताएँ आती हैं
उड़ती हैं
जैसे अनार के फूल आते हैं
झरते हैं।
कविताएँ है क्या?
वे पूछते।
नारे लगाओ ज़ोर-ज़ोर से।
वे दुश्मनों के नारे लगाने लगे
उन्हें वे ही कंठस्थ थे
कितने शब्द आते हैं, उड़ते हैं
नामर्द बादलों की तरह
फिर हम झल्लाकर हँसते हैं
पागलों की तरह कहते
इस संसार में बर्फ़ एक दुःस्वप्न है
जिसे न देखो तो बेहतर।

प्रेम और मृत्यु

दोनों साथ-साथ चले आते हैं
चले जाते हैं दोनों साथ-साथ
छोड़कर मुझे भँवर में जीवन के
प्रेमविहीन

दोनों उत्कट चंचल
दोनों भीषण सुन्दर
दोनों ब्रह्मानंद सहोदर
दोनों काव्य

जब चले आते हैं
निगूढतम आभ्यन्तर आप्लावित
हो उठती हूँ मैं
एक सीप-सी या धूल-सी
या कुछ नहीं-सी
और आती है
एक बड़ी-सी लज्जा
अपने कुछ भी न होने पर
न मर सकने पर
न कर सकने पर
मुक्ति-सा प्रेम
बने रहने को लालायित
एक आर्त, एक दीन

चले जाते हैं वे दोनों साथ-साथ
मैं जानना आरम्भ करती हूँ
धधकते ब्रह्मांड में
कि कहाँ से आया था यह कौन
गया होगा कहाँ!

सूर्य प्रार्थना

मेरे सूर्य,
मेरे मित्र,
स्वागत मेरा तम हटा दिया
अब किसी करुणाभिभूत

मेरे पास नहीं कोई कुश का आसन
न बची उन बनों की दूब
मैं अभी-अभी
खुली आँख का
बिछाती हूँ आसन
बैठ जाओ मेरी दृष्टि पर
और बताओ ये हैं कौन कालखंड

कितने कल्प उपरान्त
हुआ है तुम्हारा आगमन

कहाँ से लाऊँ समय
जब थी गनवाला
खींच ले गया था तुम्हें कोई
और मैं देखती रही
अबोध, तुम्हारा पथ

जब मैं थी हिरनी
संबोधि के बाद बचाती
सींगों के अधर में लटके प्राण
और फिर किसी ने आकर
दिया तुम्हें विस्मरण
छिन गया मेरा त्राण

जब तुम डाले गए
मेरे देखते सर्पावास में
हो गया नभनील वर्ण
रोकते हुए विष
कि जगत् में बचा रहे जीवन

अभिशप्त क्यों है हम
न मिलने को किसी रात्रि
जब वे सब सोए हों
जो सृष्टि को देते हैं संत्रास

इन स्वर्ण शिखाओं में
कर दो मुझे विलीन
कोई ले न जाए
मेरी अस्थियाँ भी तुमसे छीन
उन्हें पूरे काल में
होने देना ईंधन
फिर धीरे-धीरे भस्म
गाड़ देना किसी किरन की जड़ में
न पहुँचे मुझ तक
कोई संत्रास
देना मुझे अपनी ही दीप्ति में वास।

तुम्हारा गाँव : 1

उल्लास और भय की संधि,
विक्षिप्त नगे पाँव पर
टँगी प्राचीन खोपड़ियाँ कर रही थीं
वृक्षों की टहनियों के माध्यम से नृत्य

हर विस्थापित चेहरा चरणों
खँडहर ईंटों पर
अगर देखते अंदर जाकर एक-एक घर
कभी नहीं आते बाहर
उसके बाद शहर।

शुक्र है बचा था तुम्हारा घर
कुछ इंच पृथ्वी आबाद थी
अमर जोड़ी कबूतरों की
जो जब तक हम थे वहाँ
रूप धर गए मनुष्य का
और जब हम चल दिए
हम दोनों जानते हैं
वे बन गए कबूतर

श्रेण्य-ग्रन्थ-सी समयातीत आभा
में लिपटी
चेतना की वयातीत प्रहरी

जैसे पूरी की पूरी एक आँख
गढ़ी माया पर ब्रह्म पर
हँसती एक बाला

एक क़बीले का शिशु सरदार
जैसे मेरे देश का शिव
बालक की आँखों से निहारता
उस स्त्री को, हमको, समय के पूरे
इतिवृत्त को
छिपाए ऋजुता में रहस्य

ये दोनों बड़े मासूम चतुर
जब हम थे तो बने मनुष्य
जब हम जाते तो आनन्द में
दूर तक हमें जाते हुए
देखने के लिए बने रहते
सफेद कबूतर
ताकि हम मूर्ख जान न सकें कुछ
और मर जाएँ यूँ ही।

तुम्हारा गाँव : 2

अनायास थी वहाँ गंगा में नाव
प्राचीनतम लोग
मंदिर से भाग खड़ा ईश्वर दहती
ईंटें अनायास थीं
अनायास वहाँ मिल गया
एक भूखे बंदर को अन्न

अनायास थी प्राचीन कथाएँ, आश्रम,
पति से दूर सीता के प्रसव, बिना शोर-गुल
वहाँ घास ने बचा रखी थीं
सुगंध हमें देने के लिए अपनी इच्छा से
अनायास

अनायास था वहाँ स्पर्श और धक
धक इतना महान कि हो रहा हो
सशरीर मोक्ष
सारा अपराधबोध चू रहा था
अनायास जैसे वहाँ थी बर्फ़
मायावी
इतनी थी ठंड

वहाँ समय नहीं था...
वर्ना बना लेता हमें पहला ग्रास

हम वहाँ शिकस्त नज़रों से नहीं
शिराओं की आँखों से देख रहे थे
जो कोई दे गया था हमें
वहाँ जाकर देख सकने के
लिए अनायास।

तुम्हारा गाँव : 3

पहले वह चला आया मेरे
स्वप्न में
कहा...चलकर देख तो लो
अब मेरे पास है समुद्र जितनी नदी
पृथ्वी जितना तट
महाद्वीप नाव
और ईश्वर है नाविक

मेरे रूठने के क्षण से
ही उसने शुरू की थी लगाना अमराई
जो अब देने लगी फल
मैं चलकर देख तो लूँ
वह कभी झूठ नहीं बोला
आग्रह था
मैं छोड़ दूँ जूठा और नक़ली
वैराग्य

मैं चली गई नंगे पाँव
उसने साफ़ कर रखे थे
रास्तों के काँटे
उसकी गरिमा के पीछे से
झाँक रहा था

मेरी लघुता का माप
यूँ हमारी सुलह हुई
हम अनन्त तक हो गए
संक्षिप्त और एक-दूसरे के।

भय

अगर हम भविष्य की स्मृतियाँ...
क्यों हैं किसी निर्णय का भय

सघन लताकुंजों में करके
आदिम प्रेम
पेड़ के खोखल में रख दें
शरीर
(साँप वहाँ भी रहे तो क्या)
प्राण हम ले चले अपने साथ
बालक के हाथों छूटे गुब्बारे
की तरह
सितारों से ले होड़
जो हमें अपनी दूरी से
सबसे ज़्यादा सताते हैं

इन शरीरों का ले भरपूर लाभ
सभी आँखों की नमी पोंछकर
बचा लें
स्मृति-वाहक ईश्वर के लिए
अकूत जल...
झेलेगा वही अंत में
हमारी स्मृतियाँ

सोच लो, संस्कार की तरह
ईश्वर से जितनी हो सके
रखी जाए सहानुभूति
ओफ्फ! हमें क्यों मार रहा
है अपरिचित भय
आकाश-सी जब तनी
है ऊपर मुक्ति।

हम दोनों

आह! वे काले दिन
वह तो बदला था भेस
रोशनी ने।

मुझसे छीने सारे ऐश्वर्य
न रहे मेरे और ऐश्वर्य के बीच
कोई विघ्न

उनके पास क्या था
समूची पीड़ा थी मेरे पास
जीवित रहने के लिए

वे मुझे मृत, दीन, अकिंचन,
परास्त, हीन क्या न कहते
वह हठात् छिपाता मुझे
दूर ले जाकर अंक में
कहता
चलो उनका तमाशा देखें

उनके पास सारा पानी आया था
उन्हें ले डूबने के लिए

मेरे पास एक शून्य था
गर्व से फूलने के लिए

उनके पास था ही क्या
हम दोनों जासूस
अन्तर्गाथाओं के।

पहाड़ मेरे ईश्वर!

तुम्हें जो कभी हो गया था भ्रम
मेरे हमवतन
दुनिया बेहद छोटी होती जा रही है
और बादल भी तन्हा रहे हैं खुद को।
बनिहाल पहुँच रहे
नासरी पीछे छोड़ चुके
परसी गिर आई है
राजमार्ग है बंद

ओ सघन हिम!
बिजली बिजली आशाएँ
बादलों का गर्जन-गर्जन
तहतहाना,
ओ सुनो! गूजरी गा रही है
'कुकू मेर पाई मैं कुकुए की पैन'
गूजर गो रहा है
'लगी कैंची दिल नू'

दिलों पर पड़ी कैंचियाँ
देख सकता है गुजर
गा सकती है गूजरी

पहाड़ महल
तोरणद्वार पर रुके हम...
पत्थर द्वार-पाल
पत्थर आभूषण
अन्न-मन,
पहाड़ मेरे ईश्वर!
खोल दो राजमार्ग
वरन फैलेगी अमरता हम में
तुम्हारे पत्थरों की।

स्मृति

जब वह था
मैंने धर लिया उसे स्मृति में
वह नहीं था
मैंने उपस्थित किया स्मृति के गर्भ से
यह था मेरा रणकौशल
अपने ही विरुद्ध युद्ध में
वरन् कल वह मार डालता मुझे
अनुपस्थित होकर
यही है मेरा जीवन रहस्य

एक दिन पता चला
मुझे इसी तरह धारण करना था
स्मृति के गर्भ में
वस्तुतः सबकुछ
यानी शहर, गली, आकाश,
मेघ खंड, सफेद धोबन चिड़िया,
सेब, चेरी, अखरोट
सड़क के पत्थर
आँगन की घास
नल, निर्झर
गाँव की कुल्या
नदी, उल्लर, डल
मेरी देह में नहीं था

इतना स्मृति-स्थल
इन सबने दिया मुझे
मात्रमरण।

❑❑❑

www.ingramcontent.com/pod-product-compliance
Lightning Source LLC
LaVergne TN
LVHW100840051026
849519LV00006B/2371